물속까지 잎사귀가 피어 있다

물속까지 잎사귀가 피어 있다

박형준 시집

창비

차 례

――――――――――――――――――――――――――― **제1부**

봄밤   8

冬母冬月   9

자취   10

빈집   12

지붕   14

하늘로 오르는 풀   15

동지   16

백동백이 있는 집   18

능구렁이 울음소리   20

사랑   22

저곳   24

눈 내리는 모래내의 밤   26

얼음장 위의 차가운 불꽃   28

――――――――――――――――――――――――――― **제2부**

목욕하는 즐거움   32

해당화   33

백열등이 켜진 빈집   36

두레박   38

새벽   40

변소에 대한 略史   42

바닥에 어머니가 주무신다   43

나비 46

방바닥에 떨어진 머리칼 48

역전 뒤 식당에서 만난 여인 50

애야, 밖에 눈이 온단다 52

11월 54

제3부

明鏡 56

열망 57

나무 줄기 속에 아이를 묻기 58

내 소원은 59

잠 속에 포도나무가 60

거미 62

城에서 1 64

城에서 2 66

냄새 68

내 얼굴로 돌아오다 70

城에서 1995 72

햇볕에 날개를 말리고 있다 75

금광 76

나무의 눈 78

저녁 노을 80

城에서 1999 81

城에서 3   88

여행   90

제4부

창문   92

저녁별   96

초생달   97

길   98

봄밤의 경적   100

막 꽃피는 목련나무 속   102

겨울 아침   103

폭풍의 날개   104

독신자   106

해변으로 통하는 기차   108

차에 치여 죽은 개 한마리 111

봄밤   112

해설   113

시인의 말   127

제1부

봄밤

　술에 취해 눈을 감고 택시 등받이에 기대어 있는데, 눈발이 등 속으로 내리고 있는 것이었다
　등이 거리에 가득 걸려 있는데, 때늦은 눈발이 등을 사정없이 후려치고 있는 것이었다
　그리고 난데없이 등 속을 걸어가는 아이들이 보이는 것이었다
　여우구슬을 물고 도망치는 아이들이,
　등 속에서 아우성치며 눈물을 흘리고 있는 것이었다

　그것들이 택시 차창에 희디흰 눈발로 스치는 것이었다
　땅에 닿자마자 금세 녹아버리는 흰빛들이어서, 택시 기사가 어깨를 흔들었을 때는 이미 하늘로 다시 올라가고 없는 것이었다
　초파일 달이 차창에 떠오르는 것이었다

冬母冬月

버드나무 가지에 매달려
오늘밤 흰달로 오시네

물가에 둥근 돌
빨래가 쌓였던 곳,
돌덩어리 가슴에 박혀 울던 사람들
물결에 씻겨가네

물살 아래
누워 있네

처녀들 모두 떠나가고
얼음 구멍에 손을 넣고
어머니 빨래를 끄집어내시네
죽은 처녀들 끄집어내시네

물에 잠겨 있는 어머니
오늘밤 흰달로 오시네

자취

늙은 원숭이가
무릎에 얼굴을 묻고
졸음에 빠져든다
그 옆에 활짝 피어난
모란꽃

나무를 잊고
매달려 사는 생을 잊고
자신의 냄새를 천천히 지우며
햇살 같은 털을
저녁 바람에 흩날리며
무리를 벗어나
단 한번 땅위에
편안하게 앉아 있다

죽음은 그렇게 온다
무릎에 얼굴을 파묻고
활짝 핀 모란꽃 옆에서

졸음에 빠져들며
자신을 잊어가는 것이다

빈집

개 한마리
감나무에 묶여
하늘 본다
까치밥 몇개가 남아 있다
새가 쪼아먹은 감은 신발
바람이 신어보고
달빛이 신어보고
소리없이 내려와
불빛 없는 집
등불

겨울밤을
감나무에 묶여
앞발로 땅을 파며 김칫독처럼
운다, 울어서
등을 말고 웅크리고 있는 개는
불씨
감나무 가지에 남은 몇개의 이파리

흔들리며 흔들리며
새처럼 개의 눈에 아른거린다

주인이 놓고 간
신발들
빈집을 녹인다
긴 겨울밤.

지붕

바람이 몹시 부는 날
지붕이 비슷비슷한 골목을 걷다가
흰 비닐에 덮여 있는
둥근 지붕 한채를 보았습니다.

새가 떨고 있었습니다.
나무 꼭대기에 앉아 있다가
날개를 접고 추락한 작은 새가
바람에 떠밀려가지 않으려고
흰 비닐을 움켜쥔 채
조약돌처럼 울고 있었습니다.

네모난 옥상들 사이에서
조그맣게 웅크린
우는 발로 견디는
둥근 지붕.

하늘로 오르는 풀

넌 굴뚝을 타고 오르는 물결,
하늘에 멈춰 선 연기,
멈칫멈칫 뒤를 보며 울고 있는
신발을 들고 선,
넌
길처럼 하늘로 오르는 풀
말을 잊은 꿈
모래가 서걱거리는 입술
하늘로 오르는 숨결

동지

어느 추운 겨울밤, 머언 옛날이었습니다.
서울역 지하도에 할머니가 박스로 城을 만들어
그 안에 웅크리고 있었습니다.
계단으로 눈발이 비치기 시작하더니,
무릎 밭에서 막 뽑아낸 듯 사정없이 바람이 허벅지를
도려내고 있었습니다.
저는 갈 곳이 없어 할머니의 성에 하룻밤 묵어가기를
청했습니다.

그 안엔 한사람만이 들어갈 수 있었습니다.
저는 할 수 없이 성 담벼락,
할머니의 등뒤에 쪼그려앉아 밀려드는 졸음을 참고
있었습니다.

할머니는 어느새 나를 향해 돌아앉아 불을 켜고 있었
습니다.
성냥을 그을 때마다
계단으로 밀려드는 눈발이

새벽의 어둠속에서 반짝이고 있었습니다.
할머니의 품안에 돋아나는 불꽃이
저의 곱은 손과 차디찬 허벅지에
흰 속살인 듯 속삭이고 있었습니다.

눈을 떴을 때 박스로 만든 성 안에는
매운 재만 폭삭 내려앉고 있었습니다.

백동백이 있는 집

누가 가지에 밥바구니를
매달아놔서
가지가 찢어지게
밥바구니를 매달아놔서

몇천리 바다의 絲모래에
불을 피우는 사람의
목이 저리 쉬었다냐

저리 꽃송이가 희어졌다냐

보길도하고도 보옥리 가는 길
붉은 동백,
거품 이는 바다로 떠밀리는데

바다를 향해 달려가다
멈춰버린 흰말떼같이
고택의 오동나무 마루에

머물다 간 내력같이
좀 슬프고도 쓸쓸한
바람벽에 기웃거린다냐

누가 가지에 밥바구니를 매달아놔서
몇천리 바닷가에 불 피우는
사람의 쉰 목소리 저리 들려온다냐

능구렁이 울음소리

키 큰 대나무 마디마다 장신의 능구렁이가 살고 있어
해질녘이면 공중에서 비늘을 털어낸다
뱀의 피를 섞어서 우는 혼령이여

두렵게 두렵게 산길을 걷다 만나는 대나무 수풀의 키
큰 山竹을 바라보며 크다 나는 바람교도가 되어버렸다

어느 여름 대나무 담벼락을 지나다 붉은 헝겊을 보았
다 멀리서부터 책보 속에 달그락거리는 젓가락만큼 마
음이 달아 한걸음에 그 앞에 섰다 귀신에 홀려 죽은 소
녀의 머리에서 떨어진 댕기가 저리 가슴을 절일까

손으로 집으려 하자 붉은 헝겊은 또아리가 펴지더니
뱀이 되었다 대나무마디마다 붉게 울어 혼이 되어버린
뱀아
죽은 소녀의 머리카락으로 올라가 다시 댕기가 되어라

나는 대나무 담벼락으로 사라지는 뱀꼬리를 밟고 서

버렸다 도망가려고 앞머리를 쳐들고 팽팽해진 뱀꼬리가
발바닥에서 순식간에 뇌의 한쪽을 쳐 환했다

　키 큰 대나무 공중에서 젓가락만큼씩 꽃이 진해진다
　이제는 집을 수도 발을 뗄 수도 없는 붉은 헝겊이 내
게는 美의 전부였음을 안다
　해꼬리에 묻혀 대나무 수풀을 흔드는 뛰디딕뛰딕 울
음소리

사랑

오리떼가 헤엄치고 있다.
그녀의 맨발을 어루만져주고 싶다.
홍조가 도는 그녀의 맨발,
실뱀이 호수를 건너듯 간질여주고 싶다.
날개를 접고 호수 위에 떠 있는 오리떼.
맷돌보다 무겁게 가라앉는 저녁해.

우리는 풀밭에 앉아 있다.
산너머로 뒤늦게 날아온 한떼의 오리들이
붉게 물든 날개를 호수에 처박았다.
들풀보다 낮게 흔들리는 그녀의 맨발,
두 다리를 맞부딪치면
새처럼 날아갈 것 같기만 한.

해가 지는 속도보다 빨리
어둠이 깔리는 풀밭.
벗은 맨발을 하늘에 띄우고 흔들리는 흰 풀꽃들,
나는 가만히 어둠속에서 날개를 퍼득여

오리처럼 한번 힘차게 날아보고 싶다.

뒤뚱거리며 쫓아가는 못난 오리,
오래 전에
나는 그녀의 눈 속에
힘겹게 떠 있었으나.

저곳

空中이란 말
참 좋지요
중심이 비어서
새들이
꽉 찬
저곳

그대와
그 안에서
방을 들이고
아이를 낳고
냄새를 피웠으면

空中이라는
말

뼛속이 비어서
하늘 끝까지

날아가는
새떼

눈 내리는 모래내의 밤

흰 부처가 상류에 있다지
일년에 한번씩 흰 칠을 한다는
부처가 있다지
오늘밤이 그날이라지
불꽃을 문 연등이
자갈밭에서
떠내려온다지

냇가 위
내부간선도로
흰빛들이 꾸물거리며
교각 위로 떠오른다
누에들이 뽕나무 위로 쉼없이 올라가듯
잠시도 쉬지 않고
떠오른다

빛은 집착을 만든다지
여인들이 부처의 몸에 흰 칠을 하며

아이 낳는 꿈을 꾼다지
마른 냇가에
붉은 연등이 떠내려온다지
상류에서
오늘밤 흰 꿈이 내려온다지

얼음장 위의 차가운 불꽃

얼음이 떠 있는 강물에서
세찬 바람소리 들리면
나 돌아가리라

얼음장 위에서
허물을 벗고
나 돌아가리라
차가운 불꽃으로

새로운 고장에서 맡는
첫 공기와 같은,
냄새의 애인들이
맨발의 신선한 호흡으로 뛰어노는
허공으로

피 냄새가 가시지 않는
입을 헹구며
설산의 공기와 같이

희박한 불꽃이 되어
얼음장에 몸 비비며
대지의 축축한 추억을 경멸하면서
나 다시 세찬 바람 속에서
사납게 머리를 곧추세우고
물어뜯으리라

영원히 차가운
불꽃의 춤을 추리라

제2부

목욕하는 즐거움

밤 강에 바구니가 떠내려왔습니다
밤 강에 포도를 따던 여인들이
몸을 씻고 있었습니다
춥고 서늘한 밤 강에서
몸에 달라붙은 포도잎을 떼어내고 있었습니다

나는 향기에 끌려
굳은살 박인 물위를 걷습니다

여인들을 떠난 포도잎들,
물위에 몰래 떠 있는 바구니처럼
밤 강의 물결을 설레게 하고 있습니다

해당화

어머니는 겨울밤이면 무덤 같은
밥그릇을 아랫목에 파묻어두었습니다
내 어린 발은
따뜻한 무덤을 향해
자꾸만 뻗어나가곤 하였습니다
그러면 어머니는 배고픔보다 간절한 것이
기다림이라는 듯이
달그락달그락 하는 밥그릇을
더 아랫목 깊숙이 파묻었습니다

밥그릇은 내 발이 자라나는 만큼
아랫목 깊숙한 곳으로 들어갔습니다
내 발이 아랫목까지 닿자
나는 밥그릇이 내 차지가 될 줄 알았습니다
쫓길 데가 없어진 밥그릇은
그런데 어느날부터 보이지 않았습니다

봄이 되자 나는 밥그릇에 대한

미련이 사라졌습니다
설령 밥그릇이 있다 해도
발이 닿지 않아도 되었습니다
나는 이미 어른이 되어 있었습니다
밥그릇의 따뜻한 온기보다 더한
여름이 내 앞에 시작되고 있었습니다

하지만 세상은 쉽게 시골 소년에게 열리지 않았습니다
사나운 잠에 떠밀리다
문지방에 어른거리는 것이 있어
방문을 여니,
해당화꽃 그늘이었습니다
뿌리에서부터 막 밀고 나온 듯,
묵은 만큼 화사해진다는
처음 꽃 핀,
삼년생 해당화 붉은 꽃이었습니다

거기에 어느새 늙은 어머니가 계셨습니다

저녁 바람에 달그락거리는 밥그릇처럼
해당화꽃 그늘 속에 서 계신
어머니는 허리가 굽은 노인이 되어 있었습니다
그 모습이 꼭 가슴에서 무언가를 꺼내느라
열중하고 있는 것 같았습니다

사라졌던 밥그릇은 어머니의 가슴속에
묻혀가고 있었던 것입니다
늙은 어머니의 손에서 떠난 그 작은 무덤들이
붉디붉은 꽃으로
환하게 피어나고 있었던 것입니다

백열등이 켜진 빈집

　동물이다. 날아다니는 동물이다. 내려오라, 밤이여. 알코올에 취한 새들이 늪에서 울고 있다.

　아버지가, 석유를 먹고 온몸에 물집이 잡힌 어린 나를 등에 업고 강가를 달려가고 있다. 갈대의 뿌리를 갉아먹는 쥐떼가 머릿속에서 서걱거린다. 백열전구가 하얗게 빛난다. 빈집의 눈알이다.

　그러나 내가 다가서면 빈집은 흔적도 없이 사라진다. 백열전구만이 달빛을 흘리며 빈집을 하얗게 밝히고 있다. 누가 불을 켜놓았을까. 밤이여, 장막을 내려라.

　석유를 먹은 나와 노망든 할머니가 부엌에 앉아 콩나물 시루를 통째로 가마솥에 넣고 끓이고 있다. 콩나물에서 김이 무럭무럭 올라간다. 할머니가 콩나물을 하나 뽑아 내 입에 넣어준다. 나도 콩나물을 하나 뽑아 할머니의 입 속에 넣어준다.

빈집은 어둠이 내려와야 살아 숨쉰다. 거미줄 쳐진 굴뚝 속으로 정적이 내려온다.

두레박

혼자 노는 아이는 겨울에
미나리꽝에서 놀았답니다 햇빛하고 놀았답니다
얼음은 중심에서부터 어는 건가
가장자리에서부터 부서지는 얼음을
공중에 비춰 보며 반짝이는 미나리를
떼어먹었답니다 체온 없는 꿈이
꽝꽝 얼어붙은 미나리꽝을 적셨답니다
지금은 오이꽃이 환한 날이랍니다
아이는 마을 공동우물에 서 있네요
우물에 서서 미나리꽝을 내려다보네요
미나리가 물살에 무수한 햇빛을 흔듭니다
아이는 이제 뭘 하려는 걸까요
오이의 속을 파내 실로 묶네요 두레박을 만드네요
실꾸러미를 우물 아래로 풀고 있네요
우물의 빛살이 공동우물의 천장에 어른거립니다
희미하게 두레박 떨어지는 소리 들립니다
오이꽃이 천천히 시드는데
아이는 향내 가득한 빛 한모금을 마십니다

혼자 겨울 미나리꽝을 생각하며
깊은 곳에 오이 두레박을 내리고 있습니다

새벽

직녀가 오작교에 빨래를 널다가 그만 손에서 미끄러
져내린 것이 별똥별일 게야 어둠속에 눈부시게 떠서 찰
랑거리는 빛들 지붕에 와서 잠 못 들게 하는 게야

이엉으로 새어 들어오는 별을 보며
노망든 할머니는 강물에 놓쳐버린
빨래 한자락을 쫓아 언덕을 달리고,
애타게 희게희게 별이
밥그릇 같은 앞산 너머로 사라지면
벽에 칠해놓은 변자국 냄새가 잠을 깨우던
오막살이 집 한채

아버지도 어머니도
남묘호랑갱이요를 낮게 중얼거리던 셋째 누나도
팔처럼 붙어서 자는 팔 남매도
하늘의 우물가에서 저마다 희디흰 빨래를 하고 있었
습니다

40

무심코 창가를 스치우는
별똥별이
내게로 와서
노망든 할머니가 놓쳐버린
빨래 한자락으로 와서
눈부시게,
눈부시게,
직녀의 손바닥처럼 빛나는
우물을 지금 들여다보고 있소

변소에 대한 略史

옹기는 뒤뜰 장독대에
앉아 있는 것만은 아니다.
허리가 동그란 옹기를 안고 있으면
어머니를 안고 있는 기분이 든다.
두툴두툴한 옹기의 촉감이 설운 것도 그 때문이다.
지붕이 없는 변소에 앉아
어두컴컴한 땅 밑에 웅크리고 있는
옹기의 구멍을 내려다본다.
옹기는 이 집 내력을 알고 있다.
태어나서 내가 버려졌다는 느낌으로 울었던 것도
저 밑을 바라보면서이다.
파묻은 김칫독처럼 발효하는
옹기는, 저 움푹움푹 팬
밑바닥에서 깨어져나가며,
꿈을 꾸고 있을 것이다.
썩는 것은 따뜻하다.
지붕 없는 설움으로 떠도는 식구들이
들락거리며 별과 새와 구름을 보았던 곳,
나는 이곳에서 태어나서 이곳에서 죽을 것이다.

바닥에 어머니가 주무신다

침대에 앉아, 아들이 물끄러미
바닥에 누워 자는 어머니를 바라본다.
듬성듬성 머리칼이 빠진 숱 없는 여인의 머리맡,
떨기나무 사이에서 나타난 하느님이
서툴게 밑줄 그어져 있다, 모나미 볼펜이
펼쳐진 성경책에 놓여 있다.
침대 위엔 화투패가 널려 있고
방금 운을 뗀 아들은 패를 손에 쥔다.
비오는 달밤에 님을 만난다.

생활이 되지 않는 것을 찾아
아들은 밤마다 눈을 뜨고,
잠결에 앓는 소리를 하며
어머니가 무릎을 만지고,
무더운 한여름밤
반쯤 열어논 창문에 새앙쥐 꼬리만한 초생달

들어온다, 삶이란

조금씩 무릎이 아파지는 것,
가장 가까운 사람의 무릎을
뻑뻑하게 하는 것이다.
이미 저 여인은 무릎이 비어 있다.

한달에 한번 시골에서 올라와
밀린 빨래와 밥을 해주고
시골 밭 뒤 공동묘지 앞에 서 있는 아그배나무처럼
울고 있는 여인.
어머니가 기도하는 자식은 망하지 않는다,
가슴을 찢어라 그래야 네 삶이 보인다,고
올라올 때마다 일제시대 언문체로 편지를 써놓고 가는
가난한 여인. 새벽 세시에 아들은
혼자 화투패를 쥐고 내려다보는 것이다.

불타는 떨기나무는 이미 꺼진 지 오래,
불길에 하나도 상하지 않던
열매들은 모두 어디론가 흩어졌지만

일찍 바닥에서 일어난 어머니가
침대 위의 화투를 치우고
모로 누운 서른셋 아들의 머리를 바로 뉘어주고
한시간 일찍 서울역에 나가 기차를 기다린다.

해가 중천에 떠오른 그 시각
밭 갈 줄 모르는 아들의 머리맡에
놓인 언문 편지 한장.

"어머니가 너잠자는데 깨수업서 그양 간다 밥잘먹어
라 건강이 솟애내고 힘이 잇다"

나비

남묘호랑갱이요 남묘호랑갱이요
일만번을 외우면 소원이 이뤄진단다.
할머니가 마지막 숨을 몰아쉬었다.

죽은 나무 위에 새집이 걸려 있는
민둥산, 지난 여름의 끝자리에서
매미는 허물을 벗고 날아갔다.
껍데기만 마른 나무 줄기에 달라붙어
빈 하늘을 응시하고 있었다.

얘야, 나는 나비가 되고 싶단다.
노망든 할머니가 정신이 돌아와
개다리소반 위에 국어책을 올려놓고
시를 외는 내게 말했다.
할머니, 벽에 칠해논 변자국 속에서
어떻게 나비가 태어나요.
할머니 냄새로 머리가 지끈거려요.

남묘호랑갱이요 남묘호랑갱이요
민둥산에 앉아, 아이들과 새집을 털던
죽은 나무 아래 앉아,
나는 잡은 매미 껍질을 헤아려보았다.
일만번을 세면 소원이 이뤄질까,
점점 얇아지는 가을빛 속에서
조그맣게 웅크린 채
허물을 벗고 있는 아이.

멀리 호곡 속에서
명주실 같은 나비떼가
손짓을 하며
날아온다.

방바닥에 떨어진 머리칼

어머니는 팔순을 내다보면서부터
손바닥으로 방을 닦는다.
책상 밑에서부터 시작하여
어둠침침한 침대 밑에 한쪽 손을 쭉 뻗어넣고
엎드린 채로 머리칼을 쓸어내오신다.
어머니의 머리칼은 하얗고
내 머리칼은 짧다.
그러나 정체불명의 것도 있다.
빗자루로 아무리 쓸어내도 방바닥에는
어머니와 내 것이 아닌
흔적이 떨어져 있다.
어머니는 먼지가 가득 묻은 머리칼 한움큼을 뭉친다.
그걸 보고 있으면,
어머니의 지문이 다 닳아져
우리 둘 외의 다른 머리칼로 변한 게 아닐까 생각하게
된다.
한달에 한번 다녀가실 때마다
못난 자식을 두고 가는 슬픔이

방바닥에 떨어지는 것이 아닌가,
하여, 버스정류장 앞에서 나는 그녀를 보낼 때마다
이번이 마지막으로 보는 게 아닐까
바람에 흩날리는 머리칼을 쓸어보게 된다.

역전 뒤 식당에서 만난 여인

밥 한그릇을 머리에 쓴 수건에다 싸고 있는
젊은 아낙,
그리고 등에 업혀 꼬무락대는 아기.

미친 여자면 어떤가.
주인을 향해 천진한 독처럼
웃고 있는 여인 뒤로
재를 씹는 것같이 멀리서
기차가 레일을 밟고 오네.

음식연기로 그을린 벽은
오래 전부터 천천히,
깊게 갈라져왔네.

벽 틈에 달라붙어 있는
나방 한마리가 눈에 띄네.
버려진 음식물이 가득한 쓰레기통에서 태어나
온종일 파닥거렸을 작은 날개에게

벽 틈은 최상의 안식처라네.

아낙의 등에 업힌 아기는 울다 지쳐
애벌레처럼 졸음에 빠지네.
고개가 천천히 뒤로 들려
머리를 까닥까닥하다가
그것에 놀라 울다, 또 잠에 빠지네.

흑암 속에서 나비가 되고 있을 것이네.

애야, 밖에 눈이 온단다

조개를 잡으러 간 아이들,
저수지에서 빠져죽고
중국집 주방에서
기름이 천장으로 튀며
불길이 식당 밖으로 치솟고
달은 소녀들의
비릿한 생리주기를 맞았고
소리 없이, 소리 없이
너는 다가와 범하려 들었다

무덤 파는 사람처럼
너는 능욕하려 들었다
白熱——나는 너의 이미지에서
달을 파내는 우주인의 흰 그림자를 보았고,
어머니는 식을 줄 모르는 여름의 밤에서
눈이 되어 내렸다
나는 병든 어머니를 화장실에서 훔쳐보며 수음을 하
였고,

절정에 도달한 순간 재빨리 늙어버렸다
나는 여러개로 분리되어 허공을 날아다니며
눈이 된 어머니를 녹여 먹었다

너는 눈알만 있었다
눈 속의 알, 白熱――
아이들은 저수지의 바닥을
발로 헤집으며 말조개를 잡았고
계단식으로 꺼져가는
저수지 바닥에 발이 닿지 않자
조개처럼 영혼을 가둬버렸다

그런데, 밖에 왜 눈이 오는지

11월

의자에 다 타버린
연탄이 놓여 있는 줄 알았다.
골목에 쌓인 상자처럼 무뚝뚝하다.
문 닫힌 연탄가게 앞을 지날 때면
주름살에 가린 쑥 들어간 눈
언제나 거리의 사람들을 쫓는 늙은 여인.
한쪽 다리를 의자에 올린 채 앉아 있다.
늙은 여인이 의자에 앉아 사람을 쬔다.
아침의 부신 빛에 다 타버린 연탄
하얗게 허물어져내린다.

제3부

明鏡

강나룻가에 커다란 버드나무가 자라고 있었다
나는 소매에서 책을 꺼내 읽었다
여인들이 버드나무 밑에서 울고 있었다
여인들은 잎이 무성한 버드나무를 꺾었다
배에 올라탄 남정네들에게
버드나무 가지를 둥글게 구부려 정표로 주었다
배가 떠날 시간이었다
내려서 뒤돌아보지 말고 걸어야 했다
책갈피에 버드나무 잎이 끼여 있었다

저녁 무렵 잠깐 잠이 든 사이였다
꿈속에서 한권의 책을 손에 쥐고 있었다
꿈속에서 해가 지고 있었다
그 책은 이승에서 내가 평생 써야 할 시였다

열망

面鏡, 내게는
뒷면에 유황칠이 돼 있는
그런 오래된 말이 있다.
불이 뿜어져나와 얼굴을 비추는
상상 속의 거울.
나는 밤마다 미열에 시달리며
손톱 끝으로 불을 벗겨내는 환영에 빠졌다.
유황칠이 面鏡의 뜨거운 상징이었으므로.

가시 달린 나무에 매달려 사는 짐승이 있다.
짐승은 상처 하나 없다.
가시 속에서 피는 꽃이 상처를 입지 않듯.
어느날 홍수에 나무가 강 한가운데로 떠밀려갔다.
짐승은 악어떼가 우글거리는 물을 건너갔다.
삶에 깃들이기 위해 죽음을 택하듯.
헌데, 짐승은 밤이 되어 상처 하나 없이
젖은 몸으로 나무에 매달릴 수 있었다.
가시가 나무의 뜨거운 상징이었으므로.

나무 줄기 속에 아이를 묻기

하늘로 돌아가려면, 극지에서 길 잃은 사람들이 철대
못이라고 부르는 별을 찾아야 한다. 그 별은 흐릿한 날
씨에도 조난자들이 붙들고 있는 희망이라고 한다. 아프
리카 어느 마을에서는, 새가 잘 찾아오도록 죽은 아이를
마을에서 가장 커다란 나무 줄기 속에 묻는다고 한다.
어린 영혼은 혼자 갈 수 없기 때문에 새를 타고 가야 한
다는 믿음 때문이라고 한다. 어머니들이 딱따구리처럼
나무에 매달려 줄기를 파고 그 안에 아이를 매장하면 밤
에 새가 날아와 아이를 등에 태워 데려간다고 한다. 공
기중에 몸을 비스듬히 숙이고 떨리는 바람에 짧게 전율
하면서 죽은 아이가 철대못에 이르면 밤새 서리가 내려
황토를 부풀린다고 한다. 그러면 그 나무가 첫새벽의 햇
살에 수많은 물방울을 맺는데 무지개가 가득 돌고 있다
고 한다. 이 세상에서 새와 가장 비슷한 식물이 나무라
고 한다. 조난자들이 저마다의 커다란 나무에 도착해 몸
을 줄기 속에 집어넣는다면, 그것이 어디에선가 길을 잃
고 헤매는 그들의 뒤를 밟아올 또다른 이들을 위해 빛나
는 지상의 철대못이 되어야 하리

내 소원은

내 소원은 모든 죽음에
창문을 하나씩 달아주는 것,
공중에 무수히 떠가며
물방울 불이 휘네

잠 속에 포도나무가

잠 속에 포도나무가 왔다 갔다.
나는 그걸 내 손에 잡았다
고,
믿는 순간 놓쳤다.
하늘로 들어가버린 포도나무.

나는 포도나무가 길 양쪽으로 하염없이 펼쳐진 고원
지대를 걷고 있었다.
　공기마저도 아픈 산정의.
　마른풀 한줌이 육체의 전부인 땅.
　골짜기 아래로 조그만 마을이 보이고
　웅덩이에 겨우 바지를 적실 만한
　강이 흐르고 있었다.
　그 골짜기 위로
　포도나무가 펼쳐진 길이
　산정으로 향하고 있었다.

잠 속에 나는 빨래를 삶는

아낙들과 곰방대를 문 늙은이
삽으로 마른땅에 그림을 그리는
배가 불룩한 아이들,
탯줄처럼 매달려 있는
조그만 강을 내려다보았다.

무엇이 포도나무로 하여금
저리 검디검게 매달고 소용돌이치게 하는가.

거미

그루터기는 죽은 자가 쉬는 곳,
아침 이슬에 젖은 거미가
숲을 뚫고 오는 늦가을빛을 본다.
거미는 어둠속에서 줄에 매달려 사는 삶을 잘도 참아
왔다.
그래, 처마끝같이 사위어가는
높은 나뭇가지에 올라가
젖은 태양을 바라보며 죽자.
늙은 거미는 추위가 오는 것을 느끼며,
가만히 줄을 흔든다.
가물거리는 햇빛에 타죽기 위해
나뭇가지와 나뭇가지 사이를 미친 듯이 건너뛰는
수천의 거미떼들이 떨어진다.
늙은 거미는 줄에 걸린 이슬 속에서
황홀을 본다. 숲을 뚫고 새어들어오는
가느다란 가을빛.
일순 머리를 치켜들고 거미는
설움으로 까맣게 타서 죽는다.

아침에 한줌의 불꽃이 사그라지고
죽은 자가 그루터기에서 쉰다.

城에서 1

새집은 나무의 숨통이다.
겨울강 밑에 떠다니는 물고기들이
뚫어놓은 구멍들, 묘지의 구멍들,
다 영혼이 숨을 잘 쉬기 위해 그런 것이다.

성에서,
허물어진 土城의 끝을 걷다가
두 발을 탁탁 부딪힌다.
내게도 날개가 있었던가, 하는 생각이
잠시 인생을 상냥한 것으로 만든다.
하지만 날아본 기억이 없는 곳에서
길이 끝나고,
나는 산이 부화시키고 있는 알,
숨겨진 무덤들과
그 밑으로 펼쳐진 조그만 강을 아득하게 바라본다.
그리고 나무에 기대어
하늘로 뻗어 올라가는 길을 더듬는다.

밤이 되면 성은 기다란 몸을 추슬러
푸른빛을 섞은 뱀이 되어
나무 위로 올라간다.

城에서 2

삼류 포르노 영화관에 앉아 있는 노인,
젊은이들의 키득거림을
간신히 지탱하고 있는 어깨로
영화를 보고 있네

아무도 앉지 않는 앞자리에 앉아
스크린에서 쏟아지는 빛줄기에
머리칼이 하얗게 세어버렸네

난방이 시원치 않아
듬성듬성 털이 빠진
신발에 박혀 있는 가냘픈 발,
영화가 끝나고 불이 들어오자
딱딱하게 굳어버렸네

지팡이에 의지해 조롱의
늪에서 발을 빼내듯
영화관을 나오는 노인

털신에서 흘러내린 탁한 물자국이
그 뒤 얼룩졌네

푸르스름한 잔영이 남아 있는
의자 밑으로 어깨만 남은
그림자가 사라지네

냄새

완강하게 비탈에
뿌리를 내리고 있는
소나무,
글썽이고 있다고
해야 할지.
하얗게 침묵하고 있다고
해야 할지.

산정의 심연,
산정의 잊혀진 냄새,
희박한 공기 속에서
번쩍이는 섬광이라고 해야 할지.

내려가면서
파닥이는,
비탈을 뚫고
몇가닥 솟아나온
뿌리.

심연에 웅크린
냄새의 근원,
가장 완강하게 버팅기는
날개가 소나무를,
정점으로 인도하리라.
가볍게 공기를 호흡하게 하리라.

내 얼굴로 돌아오다

목이 없는 뱀이, 껍질이 벗겨진 흰빛이
계곡물 위로 지나간다
위로는 절벽이다
뒤에 퍼지는 파문이 그를 앞으로 민다
밀어서, 그는 이제 잔상이다

청년들이 절벽을 바라보고 있다
절벽을 뚫고 나오는 꽃에
시선이 가 있는 것도 아니고,
무섭게 떨어지는 해의
불타는 꼬리가 탁탁 치는
절벽의 완강한 침묵에 가 있는 것도 아니다
그들은 아무것도 보지 않는다

그들이 서 있는 곳에 모닥불이 이글이글 타오른다
죽었으면서 살아 있는 영혼,
껍질을 벗겨 손끝에서 떠나보낸
그 파문이 청년들을 서 있게 한 힘이다

70

잠에서 깨어나니
형이 토끼고기를 입에 넣어준다
호롱불은 심지가 타 들어가서
방 벽에 허물을 벗고 또 벗어낸다
다시 토끼가 뱀이 되고
나는 계곡물 위에 얼굴을 비춘다

계곡물을 지나서 점점 희어지는
흰빛이
물위에 불꽃을 문
연등처럼,
흘러서 흘러서
내 얼굴로 돌아온다

城에서 1995

죽은 아이들의 얼굴을 매단 작은 무덤처럼, 3층 산부인과 병동의 창에 서 있는 K의 눈 속으로 나무 한그루가 뻗어 올라온다. 무더운 바람에 잎들이 뱅글뱅글 돌때마다 막 산모의 배에서 끄집어내진 태아가 울고 있는 환영이 겹쳐진다. "아기가 너무 작아 잡히지가 않아요, 꼬챙이가 들어오면 금세 도망쳐버립니다. 더 자란 일주일 후에 오세요." 화면을 바라보고 있던 여의사가 말한다.

K는 방을 얻었다. 커다란 벌레가 잠자고 있는 듯, 지하방은 털이 많이 날렸다. K와 여자는 일주일 후 병원에 갔다. 병원은 발은 지상에, 머리는 구름에 반쯤 잠겨 있는 것처럼 신비로웠다. 잠시 후면 자궁을 채우지 못한, 가엾은 쥐새끼처럼 꼬챙이를 피해 도망다니는 생명체하나가 도시의 습한 하수구로 사라질 것이다. 하수구는 버려진 것들이 살기 좋은 곳이다. K는 집에 돌아왔다.

K가 집을 얻은 건, 포도나무 때문이었다. 이담 생에 외동딸이 사는 집 뜰 포도나무로 태어나는 것도 좋을 것

이었다. 태어나서 죽을 때까지 누군가를 기다린다면. 그가 내 열매에 손대준다면. 포도나무는 대문을 들어서면, 비좁은 마당에서 2층으로 잎을 뻗고 있다.

　그것은 플라스틱에 나무색깔을 입힌 지주대에 간신히 몸을 지탱하고 푸른 열매를 맺었다. 아침에 일어나면 마당 가득 떨어져 세입자들의 발에 밟혔다. 포도나무는 포도나무를 그리워한다. 포도나무로 태어났으나, 포도나무가 아닌, 아무도 손대지 않는 저것은. 파도가 품고 오는 물새알들의 속삭임도, 외동딸도 없이, 집이 열 채나되는 주인이 세를 내주기 위한 눈속임에 지나지 않았다. 여자의 자궁에 머물다 간 한알의 작은 포도알이여. K는 불을 끄고 웅크린 채 지하방에 날리는 털에 덮여 잠들었다.

　여자는 의사의 어깨에 기댄 채 질질 끌리듯 K의 가슴에 들어왔다. 병실 안은 링거병이 매달린 지주대, 철제 침대, 의자 하나가 놓여 있다. 창 밖 너머로 커다란 미루나무가 보인다. 아련하게 링거액이 한방울씩 떨어져

여자의 몸 속으로 사라진다. "날 좀 바라보세요, 날 좀 지켜봐주세요." 잎새들은 금방 꼼지락거리는 아기의 작은 손이 되어 K의 목을 조른다. 여자는 몸을 조그맣게 웅크리고 끊임없이 울었다. 여자의 눈물이 침대 시트를 적실 때 K는 피폐한 성욕의 쾌감으로 몸을 떨었다.

城은 언제나, K의 내부에 있었다. 성의 흙을 밟으면, 허물어지는 성의 벽에 기대면 K는 한그루 포도나무였다. K는 파도의 끝자락에서 솟구치는 물고기들이 가득 잎새에서 반짝이는 것을 느꼈다. K는 더이상 城을 알지 못했다. 물소리를 잊어버린 나무는 염분의 찌꺼기처럼 뿌리부터 썩어갔다. 커다란 벌레가 지하방 밑에서 꿈틀거리며 K를 낳기 시작했다.

햇볕에 날개를 말리고 있다

햇볕에 날개를 말리고 있다
반쯤 열려 있는 절방
여자는 머리를 깎을 시간을 기다리고 있다
무릎에 경전을 단정히 펴놓고 있다
들끓는 침묵을 안에 가두고 있다
남해 금산 푸른 물빛
고개 숙인 얼굴에 어른거린다
연꽃무늬 새겨진 문살에 앉아 있는
잠자리 한마리
여자는 경전을 무릎 위에서 내려놓는다
절 마당에 켜지는 石燈
반쯤 열려 있는 절방 문에 황혼이 번진다
암자 밑 천길 낭떠러지
잘 말린 날개를 떨어뜨리기 위해 날아가는 잠자리

금광

그들은 지금 콜타르가 칠해진
검은 나무 막대들이 쑤셔 박힌,
우물에 와 있다.
그들은 이미 늦게 왔다.
계절은 저물었고
환호성은 사라졌다.

우물은 속이 들여다보이지 않는다.
물위에 코스모스가 한가롭게 떠 있다.
우물은 평지와 높이가 같다.
빠져 죽기에는 비명조차 지를 수 없다.
다만, 실족이 어울린다.

예전엔 이곳이 금광으로 내려가는 입구였다.
지금은 갈대가 사방을 조여오고
채굴은 끝나버렸다, 이미 수장된 지 오래다.
눈치빠른 사람들은 재빨리 우물에 침을 뱉고 떠난다.

남아 있는 자들은 그저 서로 눈치만 살핀다.
저 깊디깊은 곳에 금이 남아 있다는
어리석은 자가 되고 싶지 않았다.
그들은 스스로 너무 오래 걸어왔다고 믿었고
지금까지 버티고 있는 것만으로도 자랑스러웠다.

그런데 우물 속을 들여다보던 누군가
실족했다, 우연일지도 모른다
남아 있는 자들은 그를 소리쳐 불러보지만
검은 콜타르 칠한 나무 막대들이 소름끼칠 뿐이다.

말의 무덤 말뚝처럼 보였기 때문이다.

나무의 눈

상여에 매달린 紙錢들, 희디흰 상여가 한척의 배가 미끄러지듯 작은 돛을 달고 저편에서 오고 있었습니다. 남자는 그저 멍하니 상여를 탄 여인이 손짓하며 부르는 걸 쳐다보았더랬습니다. 오토바이는 시동이 걸려서 고양이의 목을 만지듯 가르랑거리는 소리를 냈습니다. 남자는 상여가 자신의 몸을 덮치는 순간 여인의 몸속으로 사라졌습니다.

건널목 위에 반쯤 걸려 있던 오토바이와 함께 사내의 몸은 무서운 속도로 찢겨졌습니다. 철길의 나무들은 반대쪽으로 가지를 구부리고, 흰꽃을 무수히 피워내고 있었습니다. 사내의 반쯤 날아간 얼굴 한쪽이 그 나무의 가지에 걸렸습니다. 붉은 살점이 얼룩덜룩 나무의 꽃을 수놓고, 그 사이로 나무는 무섭도록 크다란 계란 모양의 눈으로 철길을 보고 있었습니다. 남자는 흰 상여가 덮치는 순간 그대로, 태양보다 희고 노릇노릇한 여인의 얼굴에 서린 그늘을 보고 있습니다.

오토바이의 바퀴가 달빛에 녹슬고,
사내가 낀 검은 장갑이
철길 아래 물소리에 젖고
절정의 순간 그대로
부릅떠진 채
나무에 매달려서
흰꽃 속에 묻힌 눈알은 영원히
같은 장면을 되풀이해서 바라봅니다
아무도 없는 텅 빈
건널목을
순식간에 사로잡힌,
매혹당한 영혼은 죽음을 모르기에

저녁 노을

알 속에서 이미 날개를 편 새

城에서 1999

목구멍에 걸린 물고기

살모사가 홍수에 떠밀려온 물고기를 겨누고 있다. 물고기는 부러진 나무뿌리에 걸려 죽어가고 있었다. 살모사는 물고기를 향해 느긋하게 입을 벌렸다. 살모사는 목구멍으로 넘어갈 물고기에 대한 상상으로 몸을 살며시 뒤챘다. 강물은 평온을 되찾았고 먹이 걱정은 없었다. 홍수로 꼼짝없이 동굴에 갇혀 있는 동안 살모사는 상류에서 떠밀려온 먹잇감을 생각하며 견뎠다. 살모사는 자신의 입을 창조해준 신에게 감사드리고 싶었다. 누구도 자신과 같이 독이빨로 문 먹이를 몸 안으로 밀어넣는 탄력을 가진 자가 없었다. 살모사는 나무뿌리에 걸린 채 아가미를 헐떡거리고 있는 물고기의 머리부터 서서히 목구멍 안으로 밀어넣었다. 잠시 후 뜨거운 통증이 목 저편에서 밀려왔다. 죽어가던 물고기가 남아 있는 마지막 힘을 다해 살모사의 혀를 물어뜯고 있었다. 살모사는 정신이 혼미해졌으나, 조금만 견디면 다시 느긋한 순간을 즐길 수 있을 거라고 생각하며, 자신의 목구멍을 안

심시켰다.

얼룩동사리

　홍수에 떠내려온 얼룩동사리는 나무뿌리에 걸린 채 죽
음의 공포를 이겨내기 위해 자신의 이름을 외고 있었다

　개뚝지, 개미고기, 구구라기, 구구락지, 구구리, 구굴
모치, 구굴무치, 구굴치, 구그리, 구꾸라지, 구꾸리, 국
지, 굼문탱이, 꺽정이, 꺽징이, 꾸거리, 꾸구락지, 꾸구
리, 꾸글이, 꾸꾸라지, 꾸꾸락지, 꾸꾸리, 꾸부리, 꾹굴
이, 꾹저구, 농꼬, 도둑놈, 도빽지, 두구리, 뚜글리, 뚜
꾸리, 뚜꾸지, 뚜꾸치, 뚜까지, 뚜버구, 뚝거지, 뚝저구
리, 뚝제기, 뚝중이, 뚝지, 뚝지기, 뚝직이, 뚝찌, 뚯지,
망태, 먹통이, 멍챙이, 멍청이, 멍텅구리, 몽께, 매디,
물부타레, 바보고기, 바추리, 백구리, 백어리, 본심이,
부거리, 부구락지, 부구리, 부그리, 북물탱이, 북어리,

북지, 북쭈구리, 북찌, 뿐무치, 불매리, 불매탕구, 불매탱구, 불메뚜기, 불무딩이, 불무치, 불무태, 불무태기, 불무탱이, 불무테기, 불무텡이, 불무퉁이, 불물탱이, 불뭉치, 불뭉탱이, 불물텅어리, 불물텡이, 불미띠기, 불미팅, 불미팅이, 불베티기, 붕뭉치, 붕뭉탱이, 뼈구리, 뺑구리, 뿌거리, 뿌구락지, 뿌구리, 뿌굴이, 뿌굼치, 뿌치, 뿌꾸마리, 뿌리기, 뿌주구리, 뿌쭈구리, 뿍어리, 뿔구리, 우구락지, 우구리, 죽은젓, 죽은좃, 중꾸구리, 중뚜구리, 쭈꾸지, 쭉씨기, 쭉저거리, 쭉제기, 참복찌, 후구락지

허공에서 현기증 나는
물살을 바라보며
얼룩동사리는 아가미를 뻐끔거린다
못생긴 고양이가 웃는 모습 같다

살모사와 얼룩동사리가 만날 때

 무덤 속으로 들어가듯, 살모사는 물 속에 머리를 담근
다. 홍수가 휩쓸고 간 흐릿한 물 속에 새 생명들이 꿈틀
거린다. 살모사는 나무뿌리에 걸려 말라가는 물고기를
향해 빠르게 접근한다. 물살을 가르는 배 밑에 쾌감이
몰려든다. 아주 먼 옛날 물위를 걷는 남자의 발바닥에
와닿는 감촉이 이랬을까. 저렇게 못생긴 물고기가 나무
에 매달린 채, 무슨 기억을 더듬고 있는 걸까. 얼룩동사
리의 흐린 눈에 살모사가 독이빨을 드러낸 채 고개를 빳
빳이 쳐들고 입을 쩍 벌려 자신의 머리를 덮치는 순간이
지나간다. 동시에 얼룩동사리는 상어처럼 여러 겹으로
된 이빨로 살모사의 혀를 물어뜯었다. 얼룩동사리의 이
빨은 아가리 안쪽으로 경사져 있어 어떤 먹잇감도 한번
물리면 빠져나갈 수가 없었다. 살모사는 느긋하게 입을
닫으려고 하지만 곧 입이 벌어진다. 혀가 물린 살모사는
벌어진 입을 다물 수가 없다. 살모사는 얼룩동사리를 뱉
어내려고 몸을 요동치지만 그럴수록 통증은 어두컴컴한

자신의 아가리 속 공포심으로 변해간다.

물 속에 박혀 있는 나무뿌리

(대홍수 뒤 방주 속의 사람들은 지상의 물이 얼마큼 빠졌는지 알 수 없었다. 그때 비둘기가 흙 속에 묻혀 있는 종려나무 잎사귀를 물고 왔다. 자, 이제들 나가지. 이 정도 되면 싹 쓸어버렸을 거야. 지상에는 옛사람이 가고 새 사람이 왔다. 나무뿌리에 걸린 물고기가 살모사의 입 속으로 들어가자, 그 순간, 지상에는 새로운 이미지가 만들어졌다. 처절하며 철저한 후회——옛 세계를 삼킨 새 세계의.)
홍수에 떠밀려 하류로 휩쓸려온 얼룩동사리와
살모사의, 이질적인 두 세계의 충돌.
살모사의 목구멍 속에서,
죽는 순간까지 후회하는——아아아아아아아아아아아
영원히 입이 다물어지지 않는 비명소리가 터져나온다.

죽어가는 얼룩동사리에게 살모사는 섬광이었다.
연애의 순간, 그리고 혼인의 순간이 지나고
얼룩동사리를 뱉어내기 위해
온몸이 손으로 변하기를 간절히 희구하는,
이제까지 손과 발을 가진 짐승을 경멸해온
살모사의 목구멍 속에서,
그 둘은 고요한 안식을 맞는다.
다만, 나무뿌리 홀로 전생의 기억을
흐르는 물에 비춰보며,
그 아래 새로운 알을 부화시킨다.

지일에서, 담벼락 앞에 있는 우물을 보며

담 아래 작은 우물이 있었다.
담벼락 밑에 뚫린 아득한 구멍 속에서
빈집이 간직한 말소리가
어둡게 텅텅 울려나오고 있었다.

폐허의 울음소리, 나는
발목도 안 올라오는
우물에 무릎을 꿇고 머리를 디밀고 싶었다.
우물에 먹혀 영원히 함께 죽고 싶었다.

城에서 3
일요일

공중에서 다림질을 하고 있는
흰 메리야스 차림의 사내들
야근을 하는 동안
달은 움푹 팬 숟가락처럼
담벼락 위에 떠 있다

은혜교회 후문
신자들이
지하에서 기도를 올리는 동안
맞은편 담벼락 위에서 사내들은
하얗게 옷을 다린다

혼자 밥을 먹다가
가만히 맞은편에 숟가락 한벌을
올려놓고서
창문 너머로 훔쳐본다

담쟁이넝쿨 하나 없이

공중으로 솟아오르는
담벼락 위 미싱공장
지하에서
마룻바닥에 머리를 박아대며
찬송가를 부르는 신자들의 울음소리

여벌로 상 위에 올려둔
움푹한 숟가락에서
빛이 뿜어져나온다
보름달 테두리 흰빛처럼

여행

어둠속에서 강은
물살에 흔들리며
떠밀리지 않으려는 듯
뒤척이며
띠를 만든다

불빛이
물에 떠 있는
浮橋인 셈인데
나는 그 위를
저 건너편까지는 말고
불빛이 있는 곳까지만
걸어보고 싶다

제4부

창문

한 남자가 살았다
남자는 창 너머로
세상을 가리고 있는
붉은 기와지붕을 보았다
지붕에 고양이가 오고
지붕에 새가 오고
지붕에 흙먼지가 쌓이고
지붕 위로 툭 터진 하늘에
굴뚝에서 올라가는 연기가
길처럼 흩어지고
그러는 사이
지붕에 더위가 오고
지붕에 어둠이 오고
지붕에 추위가 오고
지붕에 봄이 오고
비오는 날에는
지붕에 우는 소리 나고

그것을 바라보는 일은 행복한 일

미명

멧새 한마리 앞집 지붕에 앉아 있다가
방충망 쳐진 방으로 들어왔다
미명이었다
새들이 붉은 기와지붕에 늘 앉았다 가는,

침대에 비스듬히 누워 지붕을 바라보고만 있는
잠 못 드는 마음에도 흔적을 남겨주러 왔니?
모래톱 밑 밝은 물살을 밟고 다닌
젖은 발로 온 거니?

눈 깜빡한 새,
너는 눈꺼풀의 부드러운 떨림이었다
너는 순식간에 방충망을 뚫고 방안으로 들어왔다

앞집 지붕은 반쯤 하늘을 가린 채
열려진 창 쪽으로 흘러내리고
어둠도 아니고 빛도 아닌 미명에
강물에 밀리는 모래무늬,
앞집 붉은 기와지붕이 시시각각 변한다

아침

멧새는 방안으로 들어오자마자 천장의 사각을 빙글빙
글 돌았다
야생의 숨가쁜 울음소리를 내며
한바퀴 두바퀴 세바퀴 네바퀴
쉬지 않고

멧새는 지쳐 울면서 창문의 모서리에 앉았다
너는 불켜진 방을 보고

좁은 창 틈으로 들어온 거니?

빛에 드러난 지붕은 붉은 칠이 바래어 있다
남자는 멧새에게 방충망을 열어준다
미안하다, 이제 날아가려무나

저녁별

작은 창을 두드리고 간 얼룩들,
물 빠진 담벼락에 기댄 꽃대가
허공에 밀어올리고 있다.
누구나 하나씩은
흘려보낸 바구니.

작은 창에
저녁별 들어와
그 환함이 오래오래
한자리에 앉아 있게 할 때,
먼 세상의 내륙에 가닿아
갈대밭에서 우는 새들.

바구니에 담긴
가없은 아이
소금처럼 단단해져 꽃대 위 머문다.

초생달

자기야 저건 상처다 반쯤 뜬 자기의 눈이다
자기 눈꼬리에 매달린 사닥다리를 타고
이 세상을 벗어나간 그림자와 빛
밤바다를 가로질러가는
치욕의 지느러미,
인광이다

길

혼자 사는 남자가
빨래를 걷으려고
베란다로 간다

아무도 없는 연휴의 골목
창문 밖에 대추나무가 한 주 서 있다
뒤통수만 보이는 참새가
울지도 않고
가지 위에 앉아서
저녁을 맞고 있다

오래 걷지 않은 빨래는
오그라들어 있다

무릎을 깍지 끼고 남자가
빈방에 앉아
개어놓은 빨래를 쳐다본다

참새가 앉았다 날아간 자리
뒤통수처럼 환한 보름달
골목길에
대추나무 열매 익는다

봄밤의 경적

물 주전자를 찾다 할 수 없이 불을 켠다
아무도 뜯지 않은 겨울 달력 그림이 눈에 들어온다
다시 봄밤의 경적소리 길게 슬리퍼 끄는 소리 철벅철
벅 몸을 씻는 소리
멀어진다
나는 이 밤 그림 밑에서 필라멘트처럼 달아오른 낡고
허름한
변두리의 잠을 잔 것이다, 새하얀 눈이 꿈속까지 떨어
지는 달력 속
지워진 길가에서 발갛게 언 발을 비빈 것이다
빈 컵에 물을 채우고 새끼손가락으로 휘휘 저으며 멍
하게 돌아오지 않는
여자를 생각한다,
거기 시간을 붙잡고 넘겨지지 않는 철 늦은 달력 속에서
한장 시트에 덮여 겨울의 집이 잠들어 있다

나는 아주 느리고 나른한 열차를 타고
가끔 덜컥덜컥 제동이 걸리는 잠을 또 자야 하리라,

이곳은 바다가 아주 가깝다

그 겨울도 그랬다 내리는 눈에 지워지는 집들과

낮은 지붕으로 이어지는 기억의 끝에 물 묻은 햇빛이 다시

철로에 반짝이고 그렇게 친근한 영혼은 모두 내 곁을 떠나갔다

막 꽃피는 목련나무 속

총알을 한방 장전해놓고 그 환한 입구를 바라본 사람
은 부드러움이 참을 수 없는 간지러움을 안겨주는 고양
이를 만지는 듯한 기분을 느끼며 눈이 조리개처럼 조절
가능하게 된다.

내 몸에서 빠져나간 핏물이 지평선에 활처럼 휘어져
있다.

겨울 아침

……잘못 얹은 눈 같으나, 지금 멧새라도 한마리 날
아와서 발자국 찍어주고 가면, 이담에 삭정이 끝이 핀
꽃으로 봄을 흔들 것만 같습니다

폭풍의 날개

심연에 내려가려면,
날개가 있어야 하리

버드나무 가지가
물 아래 잠겨 있다
잎사귀가
물 속까지 피어 있다

깊은 곳에서
날갯짓을 하며
요동치고 있다

심연을 잃고
물 밖에 떨어진 잎사귀
그게 나다,
도망은 끝난 지 오래다
물을 움켜쥘 어떤 발톱도
가지고 있지 못하기에

심연 속에
가득한 날개가
모래와 자갈을 헤치며
물 속을 뒤엎을 때,
흐린 잎맥의 기억으로
폭풍을 예감할 뿐

독신자

입 속에 사는 개구리 한마리를 알고 있다
그는 내가 피곤에 지쳐 쓰러져 있는 밤에만
반쯤 몸체를 입 밖에 내민다
그러고는 앞다리를 턱에 올려놓고 밖을 살핀다

나는 얕은 잠을 잔다
바닥까지 내려간 잠을 자는 동안
벌려진 입 밖으로 개구리가 튀어나와 있는 모습을
들키고 싶지 않기에,
그렇지 않은가
방에는 골목으로 나 있는 창이 있고
馬具를 잃어버린 말이 서성거리다
창문 안으로 불쑥 목을 집어넣고
이쪽을 살피지 말란 법은 없지 않은가

독신자의 잠은 대개 그렇다
악몽조차도 달콤한 슬픔과 함께 온다
어느 꿈속에 나는

입 밖으로 개구리가 반쯤 튀어나온
한 사내를 내려다본 적 있다
그 사내가 바로 나라는 사실을 깨닫는 것은 어렵지 않다

개구리가 밖을 살피다 내 눈과 딱 마주치자
나는 어쩔 수 없이 그 눈을 들여다보았고
그 순간, 독신자의 몸속에 웅크리고
조그맣게 울음 우는 비애의 몸체를 발견한 듯
소스라쳐 깨어났기 때문이다

해변으로 통하는 기차

공장단지 담벼락에 장미가 피었습니다
해안이 나올 때까지 담벼락은 이어져 있습니다
그 옆으로 하루에 두 번 다니는 기차가
해안으로 달려가곤 했습니다

철근을 싣고 가는 검은 화물기차가
느릿느릿 담벼락을 스쳐지나가고
기적이 울리면 단칸방에서 아이들이 나왔습니다
까맣게 절은 손에 쥔 녹슨 못을 철로에 올려놓고
숨죽이며 기다렸습니다
못이 칼날로 바뀌었습니다
아이들은 산동네의 이슥한 밤이 오면 달빛 아래서
적의가 번득이는 눈빛으로
가로수를 향해 칼 던지기 연습을 했습니다

기차는 변함없이 하루에 두 번
공장 담벼락을 지나갔습니다
장미가 끝없이 이어진 담벼락을 기어오르며

철조망이 쳐진 허공에서 붉게 피어나고 있었습니다
하루종일 잉잉대는 공장에서 들려오는 쇠 깎는 소리가
장미의 꽃잎 하나하나를 견적으로 만들어내는
지독한 여름이 공장단지 담벼락에 매달려 있었습니다

철근을 싣고 가는 기차가 해변에 닿기까지
나는 공장 담벼락을 따라갔습니다
느릿느릿 지나가는 검은 화물기차의 뒤꽁무니를 바라
보며
바퀴에 눌려 어디론가 튀어나간 못대가리들처럼,
아이들이 와아아 밤골목의 유령들로 흩어진
산동네를 뒤로 하고 불빛이 가득한 해안에 닿았습니다

기차는 보이지 않았습니다
붉은 짐승처럼 뭉터기로 피어나는 장미도 보이지 않
았습니다
심연을 마셨다가 토해내는 검은 화물기차가
철근을 떨어뜨리는 바다 밑으로

나는 끊임없이, 끊임없이
달려가며 울부짖고 있는 환영에 빠져 있었습니다
해안에 부서지는 파도 속에서 썩은 장미꽃 냄새가 났
습니다

차에 치여 죽은 개 한마리

담벼락 아래
털이 다 빠진
개가 누워서
떨어지는 목련 꽃송이를 받고 있습니다
입가에 흥건한 피
목련 꽃송이로 흘러들어갈 때까지
온몸의 피가 다 빠질 때까지,
황홀하게 하늘을 바라보고 있습니다

이내 가득한
봄날
아침

희디흰 이불 한채 널고 싶습니다

봄밤

달에서 아이를 낳고 싶다
누가 사다리 좀 다오

홀로 빈방에 앉아
앞집 지붕을 바라보자니
바다 같기도 하고
생각에 꼬리를 물고 이어지는
물결 같기도 하고

달이 내려와
지붕에 어른거리는 목련,
꽃 핀 자국마다 얼룩진다
이마에 아프게 떨어지는 못자국들
누구의 원망일까

조용히
나무에 올라 발자국을 낳고 싶다

가볍게 날고 싶은 시인아

김주연

1

박형준의 시는 설화이다. 신화가 신에 관한 이야기라면, 설화란 사람들의 이야기, 혹은 사람들에 관한 이야기다. 예컨대 단군신화라고 하면, 단군을 신으로 보고 이야기하는 것이고, 단군설화라고 할 때에는 단군을 그저 사람으로 보고 이야기하거나, 신/인간 여부에 관계없이 이야기를 꾸며보는 일이 될 것이다. 기독교와 같이 분명한 텍스트를 가진 유일신 사상의 민족이나 나라에는 유난히 설화가 많다. 이때 그 설화는 시간과 더불어 오래 구전되어온 것들이 대부분이라 결국 옛날이야기라는 형태로 압축된다. 우리에게도 설화 즉 옛날이야기가 많다. 그리고 그 이야기들은 다양한 듯 보이는 여러가지 소재들과 전개에도 불구하고 사실 몇가지의 정형을 지닌다. 수공업사회—농촌사회—고대사회로 소급되는 취락사회 · 폐쇄사

회의 형태 안에서 형성된 불가피한 모습이리라.

박형준의 시는 얼핏 그 가운데에서도 가장 전형적인 울림에 근접해 있다. 그것은 할머니―어머니로 연결되는 기억의 공간이다. 할머니, 어머니의 모계 활동은 설화의 가장 풍요로운 생산라인이다. 시인의식은 거기서부터 발원한다.

> 어머니는 겨울밤이면 무덤 같은
> 밥그릇을 아랫목에 파묻어두었습니다
> 내 어린 발은
> 따뜻한 무덤을 향해
> 자꾸만 뻗어나가곤 하였습니다
> 그러면 어머니는 배고픔보다 간절한 것이
> 기다림이라는 듯이
> 달그락달그락 하는 밥그릇을
> 더 아랫목 깊숙이 파묻었습니다
>
> ―「해당화」 부분

시의 이러한 시작은 분명히 하나의 이야기다. 묘사를 통한 대상의 인식도, 내부의 충일한 감정도 여기에는 엿보이지 않는다. 어머니는 어린날에 대한 기억 속에 잠겨서 하나의 이야기를 만들어준다. 그리고 그것은 배고픔과 기다림이라는 전형적인 옛날이야기 모티프에 의지하여 더 긴 이야기를 풀어간다. 밥그릇이 내 차지가 될 줄 알았는데 어느날부터 밥그릇 자체가 보이지 않게 되었다거나, 아예 밥그릇 미련이 사라지고 시인은 홀연히 어른이 되었다는 이야기가 그 뒤를 잇는다. 이즈음 문득 시의 전환이 나타난다.

> 하지만 세상은 쉽게 시골 소년에게 열리지 않았습니다
> 사나운 잠에 떠밀리다
> 문지방에 어른거리는 것이 있어
> 방문을 여니,
> 해당화꽃 그늘이었습니다
> 뿌리에서부터 막 밀고 나온 듯,
> 묵은 만큼 화사해진다는
> 처음 꽃 핀,
> 삼년생 해당화 붉은 꽃이었습니다
>
> ─「해당화」 부분

소년에서 어른으로 옮겨가는 어느 시간이 시의 중간부분을 구성하면서 '해당화'라는 교묘한 시적 앰비규이티(ambiguity)의 이미지를 만든다. 실재일 수도 있고 상징일 수도 있는 애매성의 그 이미지는 "해당화꽃 그늘 속에서 계신" 허리 굽은 노인 어머니와 동일시되면서, 단순한 설화에 머물러 있어도 좋을 어머니와의 기억을 시적 공간으로 변환시킨다. 배고픔과 기다림도 마침내 시의 공간을 튼튼하게 채우는 아름다운 힘이 된다. 시는 이렇게

끝난다.

사라졌던 밥그릇은 어머니의 가슴속에
묻혀가고 있었던 것입니다.
늙은 어머니의 손에서 떠난 그 작은 무덤들이
붉디붉은 꽃으로
환하게 피어나고 있었던 것입니다
　　　　　　　　　　　　　　　　　－「해당화」 부분

　박형준의 이런 시가 우리 시단에서 대단히, 홀로 돋보
이는 어떤 경지를 보여주는 것은 아니다. 그의 작품들 곳
곳에 편재해 있는 어머니의 모습들이 가난한 그 시절 시
골마을의 풍경과 더불어 우리의 정서를 아득하게 해주는
것은 사실이지만, 그 이상의 시적 감흥과 도전을 주지는
않는다. 오히려 썰렁한 복고의 분위기 아래로 썩 기분 좋
지 않게 우리를 내려놓기도 한다. 더구나 하는 일 없이 우
리 기분을 참담하게 하는 할머니의 이야기는 사뭇 심기를
불편하게 할 수도 있다.

남묘호랑갱이요 남묘호랑갱이요
일만번을 외우면 소원이 이뤄진단다.
할머니가 마지막 숨을 몰아쉬었다.
(…)
애야, 나는 나비가 되고 싶단다.

노망든 할머니가 정신이 돌아와
개다리소반 위에 국어책을 올려놓고
시를 외는 내게 말했다.
할머니, 벽에 칠해논 변자국 속에서
어떻게 나비가 태어나요.
할머니 냄새로 머리가 지끈거려요.

　　　　　　　　　　　　　　　　—「나비」 부분

　이상한 종교에 들려 정신나간 할머니의 이야기. 그 노망은 그저 섬뜩하고, 퇴영일 뿐이다. 그러나 그 할머니 또한 어머니 못지않게 박형준 시의 많은 부분들을 간섭하면서 그의 시인의식 형성에 개입한다. 배고픔과 기다림과 함께 실성—죽음으로 이어지는 소멸의 공간 속에서 시인은 독특한 생산물을 발견하는 것이다. 어머니의 늙음에서 해당화를 본 시인은 이제 할머니의 실성 속에서 나비를 본다.

점점 얇아지는 가을빛 속에서
조그맣게 웅크린 채
허물을 벗고 있는 아이.

멀리 호곡 속에서
명주실 같은 나비떼가
손짓을 하며

날아온다.

　해당화나 나비를 환생의 이미지와 결부시켜 박형준의
세계관을 샤머니즘 내지 애니미즘적인 어떤 것으로 보는
견해가 있다면, 나는 찬동하지 않는다. 그보다는 설화가
지닌 관습적인 해피엔딩의 문화적 무책임을 이 시인은 슬
그머니 단절시키면서 그 이완·약화·소멸의 생명을 하나
의 투명한 영상으로 재현해내고 있다는 것이 나의 생각이
다. 그것이 박형준의 시다.
　이와 더불어 반드시 주목되어야 할 것이 시인의 '신발
벗기'이다. 삶의 현장에서 결국 쓸쓸히 물러설 수밖에 없
다는 현실인식이 불러오는 이 신발 벗기는 해당화─나비
로 가는 통과의 제단이다. 뒤에 상술될 '맨발'의 방법론
과 함께 그는 자주자주 신발을 벗고 현실을 떠나고 싶어
한다. 아이를 낳는다는 가장 강렬한 생명─현실의 의욕이
"달에서 아이를 낳고 싶다"는 말로 조용히 변모되는 것을
보라. 그는 신발을 벗고 "조용히/나무에 올라 발자국을
낳고 싶은" 것이다.

　달에서 아이를 낳고 싶다
　누가 사다리 좀 다오
　(…)

달이 내려와
지붕에 어른거리는 목련,
꽃 핀 자국마다 얼룩진다
이마에 아프게 떨어지는 못자국들
누구의 원망일까

조용히
나무에 올라 발자국을 낳고 싶다

—「봄밤」 부분

어쨌든 시인은 신발을 신어야 하는 땅은 싫다. 혹은 땅은 신발을 신어야 하기에 싫다. 좀더 정직하게 말하자. 그는 가난하고, 기다려야 하고, 늙고, 죽어야 하는 땅이, 세상이 싫다. 그 땅을 넘어서 초월해야 한다. 그곳에 해당화가 있고, 나비가 있다. 바람도 있다.

멀리서 그가 바람의 신발을 신고 왔다. 먼 곳을 상상하는 동안, 온기 같은 그는 사라지고 차가운 신발이 남았다. 이 시집으로 나는 청년이 저물었음을 안다. 그가 남긴 바람의 신발을 신고 이번엔, 내가 타박타박 걸어가야 한다.

먼 곳을 상상하는 또다른 형제를 위해. 이제 땀이 밴 희망을 위해. 아름다운 헛된 신발이여……

—「시인의 말」 전문

2

그러나 박형준 시의 아름다움, 그 뛰어남은 무딘 듯하면서도 날렵한 상상력, 주변에서 중심으로 뛰어들고 중심에서 주변으로 섬세하게 내려앉는 그 상상력에 있다고 나는 생각한다.

空中이란 말
참 좋지요
중심이 비어서
새들이
꽉 찬
저곳

그대와
그 안에서
방을 들이고
아이를 낳고
냄새를 피웠으면

空中이라는
말

뼛속이 비어서

하늘 끝까지
날아가는
새떼

                              ―「저곳」 전문

 '비어 있음'과 '꽉차 있음'이 서로서로 어울려 이윽고
한몸을 이루고 있는 이러한 말의 수려함! 최근 수년 사이
우리 시의 가장 탁월한 성과로 지목될 수 있는 이 시 한
편만으로도 그는 과연 그냥 시인이다. 언어는 존재의 집
이라는 하이데거의 진술이 있었던가. 박형준은 언어 속에
방을 들이고, 아이를 낳고, 그 안에서 냄새를 피운다. 방
을 보면 그 속으로 그대와 함께 들어가고 싶은 것이 산문
적 욕망이라면, 시인은 '空中'이라는 말 속에서 그 욕망을
발견한다. 그러나 어디 이게 욕망인가, 놀이이지. 시인은
空中을 발견하고 그 속에 새들을 풀어놓는다. 그래서 새
들로 空中은 꽉 찬다. 욕망이 인간의 욕망이라면(동물, 식
물에게도 욕망이 있을까――나는 차라리 욕망의 해산이나
해체라는 말을 그들에게 붙여주고 싶다), 시인은 여기서
욕망을 모두 놓아버린다. 방과 아이, 냄새는 여기서 욕망
이라기보다 자연이며 놀이이다. 욕망이 빈 놀이의 자리에
새, 혹은 새떼가 등장한 것은 그의 놀이가 자연이라는 증
거이리라. 그 새떼는 그리하여 하늘 끝까지 날아갈 수 있
는데, 그 능력은 "뼛속이 비어서" 주어진다. 중심이 비었
기 때문이다. 空中이기 때문이다. 빈 공중에 꽉 차 있는

새떼야말로 박형준 시의 본질이며 지향점이다. 박시인이
여, 비어서 하늘 끝까지 날아가기를!

이같은 무욕의 능력은 '사랑'이라는 욕망 앞에서는 어
떻게 변주될까. 이 부분의 이해가 완성된다면 박형준 읽
기는 고비에 도달한다. 이와 관련하여 아주 재미있는 시
가 있다.

> 오리떼가 헤엄치고 있다.
> 그녀의 맨발을 어루만져주고 싶다.
> 홍조가 도는 그녀의 맨발,
> 실뱀이 호수를 건너듯 간질여주고 싶다.
>
> ―「사랑」 부분

오리떼가 나오고 뒤이어 그녀가 나온다. 그녀는 오리
떼일까? 시인의 특별한 의도가 아니라면 그럴 리는 없
다. 전자는 복수이고 후자는 단수이기 때문이다. 그런데
왜 오리떼 헤엄치는 것을 보고 그녀가 생각났을까? 맨
발로 헤엄치는 오리들의 모습이 그녀의 맨발을 연상케
한 것이다. 즉 맨발이 오리와 그녀를 연결시킨다. 시인
은 맨발을 통해 그녀를, 그녀와의 사랑을 떠올린다. '맨
발의 상상력'인 셈이다. 그런데 왜 맨발일까? 맨발이
쎅시해서? 아닌 것 같다.

> 날개를 접고 호수 위에 떠 있는 오리떼.

맷돌보다 무겁게 가라앉는 저녁해.

맨발은 오리들을 호수 위에 떠 있게 한다. 저녁해가 무겁게 가라앉아도 그들은 그렇게 떠 있을 수 있다. 아무것도 걸치지 않은 맨발의 힘. 그 힘은 바로 아름다움이다. 그녀의 맨발에 대한 동경은 마침내 하늘 끝까지 날아갈 수 있는 새의 힘으로 연락된다. 보자.

들풀보다 낮게 흔들리는 그녀의 맨발,

두 다리를 맞부딪치면
새처럼 날아갈 것 같기만 한.

—「사랑」부분

시인은 그녀와 함께 풀밭에 앉아 있다. 이때 산너머에서 날아온 오리떼가 붉게 물든 날개를 호수에 처박는데, 다른 한편 그녀의 맨발은 들풀보다 낮게 흔들린다. 풀밭위에 가볍게 떠 있는 그녀의 맨발과 호수 위에 떠 있는 오리의 맨발은 여기서 절묘하게 하나의 그림으로 합쳐진다. 호프만스탈(Hofmannsthal)의 시 「양자」(Die Beiden)를 연상시키는 고도의 수채화가 거기에 걸린다. 이 탁월한 시는 마침내 다음과 같이 끝난다.

해가 지는 속도보다 빨리

어둠이 깔리는 풀밭.
벗은 맨발을 하늘에 띄우고 흔들리는 흰 풀꽃들,
나는 가만히 어둠속에서 날개를 퍼득여
오리처럼 한번 힘차게 날아보고 싶다.

뒤뚱거리며 쫓아가는 못난 오리,
오래 전에
나는 그녀의 눈 속에
힘겹게 떠 있었으나.

수려하다고 할 정도의 멋진 그림으로 막을 내리는 이 시 가운데 가장 함축적인 두 대목 앞에서 나는 멈칫 놀라지 않을 수 없다. 그 하나는 "벗은 맨발을 하늘에 띄우고 흔들리는 흰 풀꽃들"이며, 다른 하나는 "나는 그녀의 눈 속에/힘겹게 떠 있었으나"이다. 호렙산정에서 하나님의 음성을 듣고 모세가 신발을 벗고 맨발이 되었다던가. 상황은 사뭇 다르다 하더라도 경건한 분위기는 거의 같을 정도이다. 맨발의 최종 목적지는 필경 하늘이었는가. 시인은 결국 그것이 이룰 수 없는 시 속의 소망임을 안다. 오리 또한 기껏해야 뒤뚱거리며 쫓아갈 뿐 아닌가. 그러나 가장 중요한 핵심, 정작 숨겨져 있던 시적 자아의 모습이 드러나면서 우리는 작은 전율을 맛본다. 오리와 그녀의 맨발 그림 끝에 나타난 '나.' 그 '나'는 막상 그녀의 눈 속에서나 겨우, 그것도 힘겹게 떠 있다니! 나의 자리는 이때 너무 작은 것이다. 그녀의 맞은편에 제 모습으로 떠억,하니 앉아 있지 않다. 그 사랑은 아직 이쪽만의 짝사랑인지 모른다. 그럼에도 불구하고, 힘겹게 떠 있는 그 시적 자아는 크다. 그 자아는 그녀와 오리의 맨발을 거치면서 늠름하게 성장한 것이다. 작은 것의 고백, 언젠가 시인 자신이 고백했듯이 "소멸에 기여하기에" 오히려 성장한 것이다.

空中과 맨발은 이렇듯 이 시인의 가볍고도 빈 마음, 표표한 상상력의 모티프로서 아주 자주 그의 시들을 지배한다. 그의 시가 차분하면서도 때로 위력적인 것은 이 까닭이다. 둘이 합하여서 이루는 위력의 그 공간을 보라.

> 새로운 고장에서 맡는
> 첫 공기와 같은,
> 냄새의 애인들이
> 맨발의 신선한 호흡으로 뛰어노는
> 허공으로
> (…)
> 영원히 차가운
> 불꽃의 춤을 추리라
> ─「얼음장 위의 차가운 불꽃」부분

해당화와 나비의 시인이 여기서 그답지 않게 단호한 어조로 차가운 불꽃의 춤을 추겠다고, 그것도 '영원히' 추

125

겠다고 천명한다. 이것은 모순인가. 얼핏 그렇게 보인다.
그러나 차가운 불꽃이 '쏠中'과 '맨발'에서 왔다면 우리
는 앞서서의 '신발'을 연상해야 하리라. 끊임없이 신발을
벗고 그가 달려가고자 한 곳, 그가 올라가고자 한 곳이 빈
하늘, 즉 쏠中이라면, 그것을 영원히 차가운 불꽃이라 불
러 무방하리라. 해당화와 나비는 아름답지만 그곳으로 가
는 길은 눈물겹다. 아니 죽음을 거쳐야 하는 어두운 통로
저편의 곳이다. 어찌 차가운 불꽃이라 하지 않을 수 있겠
는가. 그 서러운 춤을 추는 박형준에게 두려운 박수를 보
낸다.

　　주인이 놓고 간
　　신발들
　　빈집을 녹인다
　　긴 겨울밤.

　　　　　　　　　　　　　　　　　—「빈집」 부분

시인의 말

  멀리서 그가 바람의 신발을 신고 왔다. 먼 곳을 상상하는 동안, 온기 같은 그는 사라지고 차가운 신발이 남았다. 이 시집으로 나는 청년이 저물었음을 안다. 그가 남긴 바람의 신발을 신고 이번엔, 내가 타박타박 걸어가야 한다.

  먼 곳을 상상하는 또다른 형제를 위해. 이제 땀이 밴 희망을 위해. 아름다운 헛된 신발이여⋯⋯

2002년 3월 홍은동에서
박형준

창비시선 216

물속까지 잎사귀가 피어 있다

초판 1쇄 발행 / 2002년 4월 20일
초판 8쇄 발행 / 2017년 4월 3일

지은이 / 박형준
펴낸이 / 강일우
편집 / 고형렬 유용민 염종선 문경미
펴낸곳 / (주)창비
등록 / 1986년 8월 5일 제85호
주소 / 10881 경기도 파주시 회동길 184
전화 / 031-955-3333
팩시밀리 / 영업 031-955-3399 · 편집 031-955-3400
홈페이지 / www.changbi.com
전자우편 / lit@changbi.com

ⓒ 박형준 2002
ISBN 978-89-364-2216-5 03810

창 비 시 선

173 그 여자네 집 김용택 시집

174 집은 아직 따뜻하다 이상국 시집

175 꿈의 페달을 밟고 최영미 시집

176 바람의 서쪽 장철문 시집

177 부드러운 직선 도종환 시집

178 산은 새소리마저 쌓아두지 않는구나 김영무 시집

179 오래된 골목 천양희 시집

180 후투티가 오지 않는 섬 노향림 시집

181 변명은 슬프다 권경인 시집

182 길은 광야의 것이다 백무산 시집

183 황홀한 물살 강인한 시집

184 옛날 녹천으로 갔다 장대송 시집

185 사무원 김기택 시집

186 아흐레 민박집 박흥식 시집

187 혼자 타오르고 있었네 조태일 시집

188 작은 침묵들을 위하여 유승도 시집

189 갈잎 흔드는 여섯 악장 칸타타 6인 시조집 | 윤금초 엮음

190 흰 길이 떠올랐다 정윤천 시집

191 눈물이 나면 기차를 타라 정호승 시집

192 가시연꽃 이동순 시집

193 먼지는 무슨 힘으로 뭉쳐지나 정복여 시집

194 내 혀가 입 속에 갇혀 있길 거부한다면 김선우 시집

195 봄비 한 주머니 유안진 시집

196 수런거리는 뒤란 문태준 시집

197 아기는 성이 없고 김명수 시집

198 일만 마리 물고기가 山을 날아오르다 조용미 시집

199 흔들림에 대한 작은 생각 배창환 시집

200 불은 언제나 되살아난다 신경림 엮음

201 오랜 밤 이야기 김수영 시집

202 살고 싶은 아침 정철훈 시집

203 내 영혼은 오래되었으나 허수경 시집

204 왼쪽 가슴 아래께에 온 통증 장석남 시집

205 어두워진다는 것 나희덕 시집

206 밥상 위의 안부 이중기 시집

207 詩를 찾아서 정희성 시집

208 나는 이 거리의 문법을 모른다 고운기 시집

209 팽이는 서고 싶다 박영희 시집

210 붉은 밭 최정례 시집

211 아무도 울지 않는 밤은 없다 이면우 시집

212 김포 운호가든집에서 고형렬 시집

213 두고 온 시 고은 시집

214 나무 김용택 시집

215 내 몸에는 달이 살고 있다 이은봉 시집

216 물속까지 잎사귀가 피어 있다 박형준 시집

나는 소멸에 대한 선험적 인식이 없는 사람을 시인이라 생각지 않는다.

그런 생각으로 보면 박형준은 천상 시인이다.

박형준의 시선은 지금은 여기 없으나 여기 있었던, 혹은 여기 있었을 것들을 노래한다.

그 노래가 소멸한 것들, 그러나 아직도 움직이는 것들에 직접 가닿는다.

시인의 노래가 생이 머물다 간 자리들을 쓰다듬는다.

그 쓰다듬는 말들 속에서 사라진 것들이 생생하게 살아난다. 놀라운 광경이다.

그런 말의 노역을 그는 '이승에서 내가 평생 써야 할 시'라고 부른다.

사라진 풍경을 다듬는 시인의 손길 아래서 '삶에 깃들이기 위해 죽음을 택'한 것들이

초봄의 목련꽃처럼 스멀거리며 살아나는 풍경이라니.

소멸에 '매혹당한 영혼은 죽음을 모르'나 보다.

김혜순 시인 · 서울예대 문예창작과 교수

값 8,000원

9 788936 422165

03810

ISBN 978-89-364-2216-5